AF579604

Je ne te quitte pas

Massimo Clerico

Je ne te quitte pas

Roman

LE LYS BLEU
ÉDITIONS

ISBN : 979-10-377-5993-1

Ah ! l'amour n'est pas fait pour nous rendre heureux.

Je crois qu'il est fait pour nous révéler dans quelle mesure nous avons la force de souffrir et de supporter.

Hermann Hesse

Je l'ai rencontré dans un livre, ce livre m'a alors totalement happé.

C'est en entier, comme on plonge dans la mer, que je suis entré dans ses phrases, dans ses mots.

Ils ont eu sur moi un effet ravageur, tant ils étaient le miroir de ma vie, de mes douleurs, de mes errances.

J'ai compris que je n'étais pas seul à survivre de cette façon, sur le fil.

L'auteur m'a conduit dans les rues perdues et sombres de ma vie.

Il m'a aussi montré ma folie, mes douleurs, mes pathologies. Nous avons les mêmes et prenons les mêmes médicaments, non pour vivre, la vie est trop loin de nous, mais pour tenir ; ne pas mourir, simplement ça, ne pas mourir…

Ne pas mourir n'est pas vivre, c'est rester en vie, ne pas faire le pas vers cet ailleurs où finalement, quoi qu'il en soit, on ira et l'on terminera tous.

En fait, tenir c'est simplement repousser ce moment où le cœur cesse de battre et le souffle s'éteint.

J'ai retrouvé ça dans les mots de cet écrivain qui m'a séduit et fasciné à la nausée par moments, tant son mal, par le truchement de son écriture, était similaire au mien.

Un mal contemporain.

Un mal psychiatrique, réfléchi. Un mal où la pensée est active, où elle prend le dessus sur tout et ne laisse plus la vie s'exprimer.

Un mal qui ne laisse rien, mis à part lui, se répandre en nous.

Un mal qui gangrène cœur et corps.

Il est sorti de ce livre cet auteur après un temps, pour se matérialiser et venir me parler, puis me nourrir de ses autres textes.

Il m'a abreuvé de son écriture, de sa langue mais aussi des références communes que nous partageons.

Nous avons connu une ébauche d'amitié, une amitié épistolaire, brève, mais une amitié qui se consume comme un amour ardent, quant à moi en tous cas.

Un amour platonique, oserais-je dire, oui, mais un amour quand même, tant nos échanges étaient le reflet de la passion étrange décrite dans ce roman autobiographique, où tout se manifeste déjà seulement par l'écrit.

Je recevais ce qu'il était en train d'écrire actuellement, comme des joyaux venus d'un monde magique, très loin de celui que l'on connaît ici.

Je me délectais de cette primauté dont il me laissait jouir. Ces jours-là étaient pour moi merveilleux, tristes de son écriture empreinte de malédictions, mais beaux de vérité.

Ce partage me laissait entrevoir au-delà de nos nombreux points communs, une complicité totale que je n'aurais osé espérer.

C'est à ce moment que j'ai vu cet amour prendre forme.

Pendant des semaines je n'ai vécu que pour lui et par lui. Comme un adolescent.

Cette écriture du malheur dans laquelle je me reconnais complètement réduisait nos échanges à peu de mots, tant notre entente m'est apparue naturelle et forte dès les premiers jours.

Marguerite Duras est venue alimenter cette relation, par notre amour commun de son écriture sèche, juste, sans apparat aucun, dépouillée d'ornement.

Sa voix, ses musiques, sa pudeur qui dit pourtant tout, étaient présentes ; « j'étais dans un amour entre vivre et mourir ». C'est elle, Duras, qui le dit avec magnificence dans l'Homme Atlantique.

Je lui ai écrit que si j'étais Flaubert, je dirais : « Marguerite Duras c'est toi ! » Il avait souri…

On peut sourire par écrit.

Au départ il m'a envoyé deux séries de textes et je n'ai compris qu'après que ce n'était qu'un seul manuscrit d'une profondeur qui me rappelait le livre de la rencontre.

Un livre au ton singulier comme il sait si bien les faire.

Un livre bouleversant d'amour et de drame, de suicide, mais aussi de peaux, belles, jeunes, qui se frôlent avant de s'étreindre.

J'enviais le mort de cette histoire, ce pendu, qu'il avait aimé. Tout au moins qu'il avait cru aimer, mais qu'aujourd'hui je suis certain qu'il aime vraiment.

Ces jours-là, partout où je passais, je me sentais différent. Détenteur d'un secret de la force de celui des présidents de la République et de leur pouvoir nucléaire !

J'étais au-dessus de la mêlée, plus fort, plus haut, plus beau, magnifié par le postulat d'être l'un des personnages du livre, par reflet.

Jamais un livre ne m'avait autant pénétré.

Ce livre, j'en épousais chaque mot, chaque phrase, chaque virgule.

Je crois que c'est ainsi que l'amour a fait son entrée, en aimant par l'amour des mots, de ses mots, de ces mots-là.

Aimer aussi sa douleur au point de vouloir me l'infliger.

L'envie de scarification était présente, pour lui ressembler.

J'aurais tellement aimé faire un pacte de sang avec lui…

Quelque chose d'immatériel que l'on pourrait pourtant voir par une trace sur la peau et qui poserait question autour de nous et dont nous aurions seuls, la clé du secret !

Ça aurait été beau !

Tout semblait merveilleux, pourtant dans la vie on sait bien que rien ne l'est vraiment.

J'ai commencé à percevoir les failles au bout de quelque temps et surtout j'ai réalisé que cet amour était imaginaire et impossible.

Je retrouvais de vieux réflexes pathologiques avec lui, qui comme avec les autres auparavant, m'avaient mené à l'échec de la relation.

C'est ça les névroses, elles sont engluées en nous et reviennent afin nous blesser dès qu'elles le peuvent, dès qu'une ouverture sur un bonheur possible se laisse entrevoir.

Je n'y ai pas échappé cette fois non plus.

Afin de croire lutter contre ce mal commun que nous avions, je lui ai offert un bracelet identique au mien en quartz fumé, en guise de protection.

J'avais aimé sa réponse : « C'est beau ce nom, quartz fumé » et je voyais devant mes yeux, la photo de ce bracelet qui flottait sur son poignet fin et viril à la fois.

Cette similitude de quartz est l'unique lien et le seul pacte que nous avons pu faire. J'ai vite oublié le pacte de sang… Je l'aurais tellement aimée cette marque pourtant !

Nous pouvions encore, malgré tout, voir les choses ensemble et selon Duras : « Cela s'apparente à un langage ».

Je me satisfaisais pleinement de ces échanges partagés uniquement avec lui, lesquels nous tenaient lieu d'union, comme un code qui n'appartiendrait qu'à nous.

Quel étonnement de se sentir être dans les lignes écrites par un parfait inconnu, puis apprendre à le découvrir. Entrer à pas feutrés dans son monde où la porte est seulement entrouverte, puisque l'ouverture n'existe que par le biais de mots, d'écrits, pas encore de voix.

La voix est venue plus tard. Enfin la mienne, puisque j'avais entre temps pu l'entendre parler de ses livres et en lire des passages.

Certains écrivains sont encore plus forts dans la maîtrise de leurs livres par le biais de lectures.

Ils sont tellement imprégnés du contenu et de la chose à dire, qu'ils nous la rétrocèdent plus fort encore en nous la disant.

Il est de ceux-là !

Tout compte alors, l'intonation, la posture et les gestes qui accompagnent le verbe.

C'est du théâtre, seul face à nous.

Là en l'occurrence face à moi, puisqu'il m'était impensable qu'il s'adresse à quelqu'un d'autre que moi, tant j'étais impliqué dans son monde.

À propos de la posture, il faut l'imaginer sombre, grand et beau.

Il se dégage de lui une sensation christique, ce personnage qu'il aime d'ailleurs et dont il porte en lui certaines émanations *Iesvs Nazarenvs, Rex Ivdæorvm.*

En effet, tatoué sur lui figure le fameux *INRI*, qui le renvoie à ce statut de Jésus, Roi des juifs et il porte ce titre à merveille.

Il peut très vite varier de la pleine lumière à son opposé, les ténèbres.

Cela ne veut en aucun cas dire qu'il se prend pour le Christ, pas d'amalgame, en revanche son parcours, lui, est bel et bien christique.

La croix de cet écrivain est lourde, peu lui aura été épargné et il souffre ce martyre, cette passion et pleure à jamais des larmes de sang.

Si ce que je vous dis semble extravagant, c'est pourtant une vérité profonde et vraie.

Il semble venu ici pour racheter nos péchés, *Agnus Dei Peccata Mundi…*

C'est à la beauté d'un Christ en croix que je l'assimile mais aussi parfois, plus rarement, je lui reconnais la tendresse de l'Agneau de Dieu.

Son tourment lui donne des variations dans la manifestation de son humeur que je comprends même si face à elles, je demeure impuissant.

Personne n'a su tendre la main au Christ.

Je ne sais le faire.

Qui serais-je pour pouvoir prétendre y arriver ?

J'aimerais pourtant le sauver et me sauver par là même, mais le destin en a décidé d'une manière, semble-t-il différente.

Je crois en un seul Dieu, pardonnez-moi mes offenses ; pour la tentation il est déjà trop tard mais qu'importe, cela est véniel.

Il m'a créé, des jours durant, un merveilleux ciel couronné d'étoiles et a souffert pour cela l'écriture de ce livre, venu droit de là-haut !

Un livre pur, un livre saint sur lequel je l'espère, le destin saura vous conduire les uns après les autres.

Ut Fata Trahunt : Là où le destin nous mène…

J'espère en lui, je crois en lui, comme un Dieu qui serait visible bien que mystérieux et évanescent. C'est ainsi que je peux vous en faire le portrait.

Tout détail bassement de ce monde, le concerne autrement que d'aucuns…

J'ai compris qu'il est un être rare, un être qui résiste et qui aime comme il le peut.

Les plus éprouvés de ce monde sont destinés bien souvent à atteindre une forme de sainteté, je crois qu'il touche cela du doigt. J'ai foi en lui dont la vie est bien souvent un enfer, avant qu'il ne soit glorifié et monte alors vers le Père éternel.

Oh sang et eau ! Oui je crois en toi… mon ami, mon amour brûlant !

Ta passion est dans tes lignes, je la vis avec toi, ton eucharistie je la reçois à chaque dialogue et ton livre est ma Bible.

Sa lecture se dissout dans mes veines.

Je marche sur les pas d'un homme à la peau hâlée qui vit en Galilée et a fui en Égypte et au même instant on le localise pourtant à Paris, par le pouvoir de la bilocation, mot qu'il a employé dans nos échanges.

Oh sang et eau, je crois en toi.

Tu es mon chapelet de miséricorde : par ta douloureuse passion.

Oh sang et eau, vous avez jailli de son cœur en fontaine de miséricorde, j'ai confiance en toi, je ne te quitte pas…

Cette courte phrase, je ne te quitte pas, j'avais décidé de la lui dire ou plus exactement de la lui écrire, à chaque échange comme une formule intime. À nous deux seulement.

J'ai un rapport aux symboles et aux rituels tellement profond que je ne cesse de m'en créer.

Je crois qu'ils surgissent en moi afin de me protéger, de me rassurer et ce n'est pas sans lien avec une névrose abandonnique qui me malmène depuis l'enfance.

Depuis l'âge de raison, comme l'on disait encore.

Ce mal me suit depuis lors et ce n'est pourtant pas faute d'essayer de le gommer.

Il revient à la charge afin de me tourmenter, de m'empêcher de vivre, même aujourd'hui où j'ai enfin réussi à le mettre à jour et à le pointer du doigt.

Malgré cette mise en lumière, il demeure et ne se fane pour autant pas…

Je dois composer chaque jour et à n'importe quel moment avec. C'est mon ennemi premier qui est gravé en moi, que je fabrique contre moi-même, dans une partie du cerveau où est contenu l'enfant que j'ai été.

Je suis capable de le voir, le comprendre, l'analyser grâce à plusieurs thérapies, mais je n'ai jamais réussi à m'en débarrasser, ni même à le gérer ou le contenir.

Les médicaments m'aident à cela et heureusement, mais sans pour autant l'anéantir et le dissiper totalement.

Il est un parasite de ma personne, tel le gui sur l'arbre, mais qui pour le couper d'un coup de faucille ?

Il n'y a hélas pas de druide de l'âme !

Il s'est bien évidemment immiscé dans ma relation épistolaire.

Je savais que cela se produirait.

J'avais averti mon correspondant, il comprenait puisque lui aussi avait d'autres symptômes de cette caste handicapante.

Mais là encore il faut distinguer néanmoins la notion de compréhension, de celle d'acceptation.

La paroi semble exister à travers le langage, pourtant dans les faits c'est bien différent et bien plus pénible à gérer, pour ceux de nous qui sommes affectés par ce type de maux.

C'est étonnant une relation sans se parler, sans entendre la voix, juste des messages, des textos et un rare, très rare appel.

Pourtant ça fonctionne et l'échange est complet et abouti. On se comprend et le partage existe.

La fusion des âmes a lieu.

La relation est possible malgré ce caractère singulier.

Il n'en demeure pas moins que faute de s'entendre, il manque l'intonation et cela fait perdre du sens aux mots et peut parfois créer des confusions…

Je ne te quitte pas, c'est aussi pour ça que j'aurais voulu rester au pied de ta croix dans le marasme et la douleur.

La douleur qui est un vecteur commun à notre relation !

Je pense même qu'elle en est le centre, le noyau dur.

À travers elle, il m'est possible de dire que parfois elle permet ce rendez-vous, celui d'un sentiment pur, profond et intense.

Cet « amour entre vivre et mourir » auquel je faisais référence.

Pour rester sur un propos durassien, je me réattribue ici les mots d'*Emmanuelle Riva* : « Tu me tues, tu me fais du bien » qu'elle prononce dans *Hiroshima mon amour*. Titre sublime, s'il en est un !

On comprend je crois à quel point être torturé psychologiquement peut perturber la notion des choses, des sentiments.

Cela les mélange, les limite, floute leurs contours mal définis et leur intelligibilité glisse vers une sensation encore plus dense étonnamment, mais aussi certainement plus vraie !

Dans ma tête un magma, dans mon cœur un pieu, mais dans mes yeux une lueur, celle des mots du livre qui restent posés sur ma rétine.

Je suis saisi, j'aime sa voix d'abord et son écriture qui fait cette voix.

Elle est vraie, sèche, directe, elle me noue la gorge et j'aperçois son image derrière un bouquet d'œillets rouges, photo qui est d'un charme paralysant.

C'est la première image que j'ai vue de lui !

Dès lors, comment voulez-vous que je ne m'intéresse pas à lui qui est si prégnant ?

Personne n'écrit comme lui depuis Hervé Guibert, comme lui il dit tout, mais juste avec les mots qu'il faut, en allant pourtant jusqu'à l'os.

Pas un mot en trop.

Il reste sur le fil de deux écritures, mais on ne tombe pas dans le vulgaire, jamais, sa voix ne pourrait dire la vulgarité !

La vie est étrange et plus encore à son contact. J'aime voir passer sous mes paupières des images guibertiennes alimentées de paroles durassiennes…

Quel exercice extraordinaire de réunir ces deux grands de la littérature qui ne s'aimaient pas.

Je crois qu'il a réussi un miracle de conjugaison littéraire.

Je ne saurais vivre aujourd'hui sans son écriture et ses posts.

À cet instant, je crois que je comprends que la vie mérite d'être vécue au moins pour la littérature, pour cette littérature-là !

Pour être *fou de Vincent* (titre d'Hervé Guibert) ! Pour être fou de lui !

J'aspire à vivre encore d'autres aventures singulières grâce à lui.

J'attends d'aller visiter en sa compagnie les petits chemins de Combray où le temps n'existe pas, n'existe plus…

Je le remercie pour ce merveilleux rêve éveillé au pays des écrivains revenus, le temps de ses mots.

N'est-ce pas là une raison valable pour ne pas le quitter ?

Par sa douloureuse passion ! Oh sang et eau, l'Esprit Saint est descendu sur lui !

Alors que j'écris ces lignes, nous sommes la veille de Pâques.

Quelle résurrection va-t-il advenir ? Celle de notre lien quelque peu malmené ces jours derniers ?

Je me remémore cette phrase d'Hélène Cixous : « Je suis le lieu d'un combat entre la vie et la mort ».

C'est tellement juste en l'occurrence.

Tellement là, à portée de nous. Ça nous correspond vraiment.

Comme dans les plaies d'Égypte nous avons à traverser une mer de sang et passer sur une rivalité de violence.

J'espère en Neptune, afin de nous aider à traverser ces eaux dont il est le maître dans la mythologie romaine.

Neptune était célébré près du Tibre, précisément à Ostie, en Italie.

Ostie - Hostie, nous sommes à la veille de l'Eucharistie, le sang du Christ, c'est donc lui qui va nous sauver. Si le hasard existait, ici serait la marque de sa présence !

Aimer peut être une calamité et la calamité est destructrice par essence, mais elle est la preuve du cœur vivant.

Toute symbolique est sacrée pour moi, tout rite l'est également. Ce que l'on nomme « le hasard » aussi, puisqu'il n'existe pas. Il est donc bien l'émanation de quelque chose de plus haut, qui touche au divin…

« Parler de soi dans la sincérité, c'est parler de tout le monde » disait Marguerite Duras, mon propos est donc universel, même s'il cible un livre en premier lieu.

Seul dans ma chambre entre chien et loup, j'écoute le *Requiem* de Mozart et le premier morceau est le *Veni Sancte Spiritus*, une musique sacrée qui l'appelle là encore… En suivant vient *l'Hallelujah*, je pense instantanément que nous partageons le même engouement pour le si beau Jeff Buckley qui le chantait avec un soupir avant la musique, sur certaines versions, qui m'a toujours ému plus que tout, en me faisant penser à un dernier souffle, un soupir de mort !

J'ai toujours été fasciné par ce genre de destin que l'Ange Azraël vient chercher trop tôt. Mais là encore, dans ce livre j'ai pu lire : « Qu'il faut vivre vite, mourir jeune et faire un beau cadavre », alors je reste en conformité avec mes idées et nous sommes en adéquation.

Je pourrais citer le livre entier, tant il me concerne.

Je comprends dès lors ce que Rimbaud veut dire par : « Je est un autre », en tous cas je l'entends d'une façon qui résonne juste, et c'est ça qui compte au-delà de tout !

Que les mots disent le vrai, le juste, tant que faire se peut, cela n'étant pas toujours aisé à dire, à décrire.

C'est un peu comme si ce livre avait été pré-écrit en moi et que je le retrouvais en le lisant. L'impression est étrange et si familière, que l'on réfléchit où et quand on a déjà entendu, vu ou vécu cela ?

Je n'ai aucune réponse à apporter à cette interrogation, c'est peut-être de l'ordre de l'ésotérique ou d'une science liée au cerveau qui n'est pas encore découverte et qui fait que certains la relient, faute de mieux, aux vies antérieures ?

Tout le monde a déjà connu un épisode de ce genre, en passant devant tel lieu où il ne s'est jamais rendu et pourtant il lui semble se le remémorer sans comprendre ni trouver le fil sur lequel tirer afin de se souvenir de la source de cet instant furtif et évanescent. Un voile reste sur l'évènement sans que l'on puisse le lever. Quant à mon cas particulier et cette écriture, la différence est que ce n'est pas un instant furtif mais un livre de deux cents pages qui était déjà en moi. Marguerite Duras en parle à propos de ses livres avec cette expression : « Je suis allée le chercher, avant moi, avant Duras ».

C'est donc qu'elle ressentait bien également que ce qu'elle allait écrire était déjà construit dans un ailleurs, en elle. Et bien là c'est le même postulat, à la différence que je ne l'ai pas écrit, jamais je n'aurais su, je l'ai reconnu « simplement avant moi », puisque je l'ai découvert par hasard et quelques années après qu'il a été publié.

Il y a une parenté entre ce livre et moi, une filiation légitime, de sang ; peut-être est-ce d'ailleurs pour cela que j'avais l'envie d'un tel pacte avec son auteur ?

Je lui ai dit qu'il est mon petit adoré, comme dans la pièce Savannah Bay dont les répétitions se passaient sous l'œil sérieux, acéré et presque prédateur d'une Duras masquée par ses grosses lunettes qui ont fait son style, avec le fameux col roulé et la jupe grise, son uniforme comme elle aimait à dire.

Il y a quelque temps, je lui avais adressé un texte que j'avais écrit et il m'a répondu : « Tu dois continuer à écrire, ne t'arrête pas », alors je suis son conseil qui est précieux pour moi, mais sans savoir où je vais, sinon le rejoindre en parlant de lui.

Parler de lui est un ravissement pour moi qui peut passer par divers états, selon l'angle sous lequel je l'aborde.

Je vous l'ai dit quand je l'ai comparé au Christ, il peut être lumineux autant que sombre. Tout est contenu en lui. Il est le monde, puisqu'il est le fils de Dieu.

Par sa douloureuse passion…

Il est aussi autre chose, un être d'une immense culture, qui parle avec précision et jamais pour ne rien dire.

Je ne suis pas Duras, la Sybille de Neauphle le Château, pour autant, je savais que les livres qu'il avait en instance seraient acceptés et ils l'ont été !

Quelle joie pour moi quand je l'ai su ! Quelle joie mais quelle fierté d'avoir intégralement pu lire l'un d'entre eux, celui qui me touche le plus et qui sera bientôt édité avec succès, « j'en suis sûre comme je respire », aurait-elle dit la Sibylle, parmi d'autres fulgurances dont on s'amuse toujours avec respect, alors que l'on parle d'elle, de son œuvre, de ses entretiens et surtout de son audace.

Elle avait su se débarrasser de tout obstacle mental ou émotionnel à sa vérité et son imagination devenait réalité !

Une réalité contagieuse puisque nous sommes nombreux à la suivre, à la croire et à ne pas la quitter…

Au centre de ma bibliothèque j'avais mis son livre en évidence face visible, il se trouvait à côté d'un cliché de Marguerite et d'un Christ en croix d'époque

Napoléon III où l'os du martyr était mis en contraste avec la laque noire de la croix. Dessous quelques pivoines roses.

Un décor de nature morte et un semblant de vanité, *Memento Mori*.

Il avait adoré cette image et un temps, ce fut sa photo de couverture sur Facebook, ce dont j'étais assez fier.

Tous ses fondamentaux y étaient représentés.

Le titre rouge sang, en un mot, sur la couverture crème des éditions Gallimard ajoutait une once de sérieux. Le ton de quelque chose qui invite à le prendre dans ses mains et à l'ouvrir afin de savoir.

Je l'ai acheté en double car le mien était très annoté et il m'en fallait un vierge de mon écriture, au cas où l'on me demanderait de le prêter et aussi parce que comme elle, la Sybille, un plus un égalent un, j'ai le même problème de calcul et de superposition mathématique qu'elle…

Ça ne rend pas la vie facile d'ailleurs et peut me créer de nombreux T.O.C qui me pourrissent la vie.

Sur son profil Facebook, il y avait cette photo avec les œillets et une portion de ma bibliothèque mais aussi des mots qu'il avait choisis parmi ceux de Thérèse d'Avila qui me submergent lorsque je les relis : « Vivre toute sa vie, aimer tout son amour, mourir toute sa mort. »

Je repensais aussitôt à : « Vivre vite, mourir jeune et faire un beau cadavre ». Cela venait en résonance de la phrase de sainte Thérèse, comme un écho venu d'un temps insaisissable.

Il a changé cette photo de couverture pour un autoportrait d'Hervé Guibert pris face à un miroir, lequel reflète derrière son visage d'ange, un pendu.

Le suicide le poursuit, il marche à ses côtés et parfois, les jours sombres, il est son ombre, mais je crois en Dieu pour le sauver, afin que sa mission puisse s'accomplir et que des rayons lumineux sortent de ses stigmates.

C'est ça l'amour à mort, l'amour que le pacte de sang aurait scellé entre nous, si l'un de nous s'en allait.

J'aurais aimé lui dire comme Étienne Daho et Françoise Hardy : « Si je m'en vais avant toi, dis-toi bien que je serai là, j'épouserai la pluie, le vent, le soleil et les éléments, pour te caresser tout le temps, l'air sera tiède et léger, comme tu aimes… »

Et le questionner :

« Soleil je t'aime et pour toujours, tu es fidèle, mais l'amour n'est pas souvent comme toi, pourquoi ? »

Hervé Guibert en parle de Françoise Hardy dans son livre *Le Mausolée des amants* et de préciser qu'il l'adore, « qu'elle chante très précisément les soupirs de son cœur. »

N'est-ce pas magnifique et poignant ces mots venus à nous de cet ange plein de beauté qui a connu la grâce, toujours est-il que pour répondre à Baudelaire, il n'aura pas connu les rides :

Et la peur de vieillir,
Et ce hideux tourment,
De lire la secrète horreur du dévouement,
Dans des yeux où longtemps burent nos yeux avides ?

« Ange plein de beauté, connaissez-vous les rides ? »

J'ai la fâcheuse tendance à penser comme Oscar Wilde que : « Derrière toute chose exquise se cache une tragédie », la mienne serait de ne plus correspondre avec lui et d'être privé d'entrer plus encore dans son univers qui m'est profondément familier.

Comment ferai-je alors pour me shooter de son lyrisme qui déborde de ses lignes ?

Je suis devenu accro à cette drogue-là et mon seul dealer, c'est lui.

Je suis désormais totalement dépendant…

Pour le moment la question ne se pose que peu, puisque nous devrions nous voir pour mon anniversaire, par le hasard d'une invitation à un débat qui doit se tenir à Toulouse précisément ce jour-là.

Je vous l'ai dit le hasard n'existe pas, il est une manifestation d'ordre divin.

Il y a quelques jours que je n'ai pas la même dose de lyrisme alors je vacille, je ne tiens pas bien debout, j'ai une paresthésie en conséquence de ce manque.

Cette drogue provoquerait ce type d'effets…

Les nerfs ne commandent plus les muscles comme il faut et on tombe en marchant dans la rue.

Ça m'est arrivé avec mon ami Nazih (prononcé Nazir), qui m'avait rattrapé pour atténuer la chute sur des marches en pierres, où sans lui, je me serais a minima ouvert l'arcade.

Privé de son lyrisme, je suis comme Proust : « Au fond je n'aime plus au monde que quelques églises, deux ou trois livres, à peine davantage de tableaux, et le clair de lune… » Oh oui, le clair de lune, qu'il soit en croissant, décliné sous n'importe lequel de ses quartiers, gibbeux ou à son apogée, en pleine lune, combien cet astre m'est cher et me console des maux de ce monde !

Souvent il est comparé à l'inconscient, au côté féminin de chacun, et peut être que mon inconscient est plus doux que son autre ?

Marilyn Monroe, qu'il adore, fait, elle aussi, partie des destins comme Jeff Buckley que l'Ange de la mort est venu ravir trop tôt.

Je ne crois pas avoir signifié qu'il en est de même bien sûr pour Hervé Guibert et cet adorable petit démon de Guillaume Dustan.

Tous sont réunis par un destin, un destin tragique, ce qui ajoute à la beauté de leur drame et c'est ainsi que naissent les mythes, les icônes.

Nous ne les oublierons pas, ce serait profane !

On le sait depuis Camus et *Le mythe de Sisyphe* : « Les mythes sont faits pour que l'imagination les anime ». En effet, ils nous font bien rêver.

Lui, son imagination est bouillonnante et avec trois brins de ficelle, il vous fait un livre d'une aura rarement égalée, laquelle m'enveloppe à ne pouvoir m'en départir.

Il écrit : « Si j'avais du talent je vous parlerais de mes joies simples », en connaissez-vous des phrases aussi anodines à première vue qui sont pourtant si profondes de sens, de réflexion et d'intelligence.

Je ne sais pas combien j'aurais aimé pouvoir écrire quelque chose d'aussi intense et universel.

On voit à travers ces mots la finesse d'esprit dont il est façonné.

Mais ce n'est pas tout, cette phrase va plus loin que ça encore, il y a un jeu en elle, il se joue un peu de nous, avec malice en le disant, mais ce n'est pas de façon effrontée, cela dénote plutôt une complicité car les choses directes et tranchantes il sait les dire aussi, et on les reconnaît immédiatement !

C'est lorsqu'il lutte contre le démon qui l'accable avec fureur alors qu'il essaye d'écraser la tête du serpent qu'elles rejaillissent fatalement sur nous.

C'est une lutte à mort contre le Diable à chaque fois !

Vous comprenez ?

Aujourd'hui nous avons échangé quelques signes, c'est le jour de Pâques, c'est pour moi une sorte de résurrection de son être, après un silence de quelques jours.

Je retrouve du souffle, un souffle profond, la lumière traverse les anciens carreaux en verre dépolis de ma fenêtre, pour laisser passer un rayon de soleil en ce lundi de Pâques.

L'atmosphère de ma pièce est apaisée, comme si un chamboulement, une forme de séisme en moi, était enfin terminé.

C'est le calme après la tempête, l'ébullition des émotions liées à la tristesse.

J'ai néanmoins peur des répliques.

Il y a souvent des répliques après un tel bouleversement…

Mon univers est apaisé mais pour autant il n'est pas serein.

Quand trouverai-je ce sentiment que je n'ai pas le souvenir d'avoir connu, sauf sur des périodes très brèves ?

Le livre, il y a des mois déjà que je l'ai refermé, pourtant il demeure et travaille encore en moi.

Il n'est vraiment pas passé inaperçu dans mon esprit puisqu'il est aussi venu me présenter son auteur, me lier à lui par la grâce du Christ, son double.

Je souffre sa passion, mon dos est en lambeaux, je ne peux presque plus marcher à cause de cette paresthésie qui me laisse décontenancé, désarticulé, qui me tient au bord du monde. Seul. Sans autre contact avec l'extérieur que mon téléphone.

Ça me laisse le temps de réfléchir, de faire ma propre introspection, d'analyser mon cœur pour comprendre pourquoi une telle émotion ?

Toujours est-il que c'est un fait. Un fait certain et absolu, ce bouleversement est né de cette lecture que j'ai annotée page après page.

C'est difficile de me retrouver face aux miennes de pages et ne savoir où aller.

Je me sens totalement égaré tout en sachant plus fort que moi que c'est un chemin nécessaire, même s'il peut être semé de distorsions.

Qu'importe ! Un savoir tel que celui qu'évoquait Marguerite Duras, m'invite à continuer de le chercher quelque part en moi où il est pour le moment détenu, puis nous verrons bien ce que je trouverai, avant moi, avant cette écriture et ce que j'en tirerai en termes d'explication ?

J'espère en silence arriver à comprendre quelque chose de tangible qui aujourd'hui ne l'est pas, mais peut-être le deviendra et me mènera sur une voie plus douce, enfin plus paisible.

Ce livre je ne l'ai pas eu dans mes mains par hasard, il est arrivé à un moment de ma vie où j'en avais besoin, je présume donc que j'ai quelque chose à en apprendre, quelque chose à glaner dedans, afin de mieux vivre et vivre accompagné de l'aura de son auteur.

Je sais que ce texte, je ne le donnerai pas à lire à beaucoup de monde. Je ne pourrai pas. Qui pour le comprendre ?

Quoi qu'il en soit je n'ai plus grand monde autour de moi, j'ai pris l'habitude de dire qu'aujourd'hui ma famille est un cimetière.

Ça résume bien la situation.

Même au niveau des quelques amis qui restent fidèles, je ne crois pas pouvoir le montrer, demander s'ils pensent qu'il y a quelque chose à partager ?

Cela me laisse supposer que c'est peut-être simplement une forme de journal ?

Je n'ai jamais tenu de journal, pris des notes oui, mais pas dans l'esprit que ce soit un journal mais plutôt des repères, des marqueurs du temps.

Déjà tant de jours que je suis devant ces pages sans savoir pourquoi je reste là à les noircir ?

À quoi cela sert-il, si tant est que cela serve ?

Nombre de questions viennent m'interpeller, alors qu'au fond je ressens cela comme un devoir lié à ce livre sacré.

C'est probablement cette notion si importante pour moi depuis toujours qui me donne le désir de continuer.

J'ai un rapport au sacré tellement prégnant, je suis tellement envahi de sa grandeur, qu'il me porte et me tient en vie.

À la différence d'un grand nombre de gens, je ne le trouve pas seulement dans les lieux saints.

J'avais réussi à en donner une définition après le décès de ma grand-mère dont deux ans et demi après, presque trois, je n'ai pas encore réussi à faire le deuil.

Une amie, Laurence, m'avait posé une question sur un morceau de musique que j'avais choisi pour la sortie de l'église, me demandant pourquoi ce choix ?

Je lui avais dit spontanément : « C'est parce qu'il est sacré ! »

J'ai vu qu'elle ne comprenait pas car ce n'était ni Mozart ni Bach, alors j'ai réfléchi pour lui répondre et en tirer une sorte de définition qui m'est propre.

Le sacré serait toute chose qui se trouve indéniablement en ce qui nous attire, nous transporte et nous hisse vers un ailleurs, où notre cœur est comprimé par la grâce en premier lieu, puis par la beauté en harmonie totale avec le mystère et la volupté.

C'est ainsi par exemple que la Lune est sacrée pour moi.

La pierre d'améthyste l'est également et il en va de même pour ce livre où chaque page a comprimé mon cœur par la grâce de cette écriture mystérieuse et belle pour moi, puisque je ne sais comment, mais je la connaissais déjà…

Cet auteur me fait penser par nos échanges, à une exposition que j'étais allé voir au musée Maillol à Paris, avec mon ami Lionel, intitulée *La dernière séance*, et pour cause, une tragédie mondialement évoquée a eu lieu quelques semaines plus tard !

Vous l'aurez compris, je parle des merveilleuses photographies de Marilyn Monroe prises peu avant son décès, une Marilyn qui sous un maquillage léger, du noir aux yeux et quelques sautoirs colorés, était seulement vêtue de voilages presque transparents et semblait d'une liberté totale et plus belle que jamais, malgré sa cicatrice survenue après une opération de la vésicule biliaire.

Sur ces photos elle est alcoolisée et semble aussi sous l'effet de médicaments dont autant elle que moi, ne pouvons-nous passer.

Jamais je ne l'ai vue rayonner ainsi, les yeux charmeurs mais déjà un peu dans le vide, absents, et des poses où elle est telle une déesse.

Je tire le constat que les gens sont souvent beaux lorsqu'ils sont à la frontière de la mort, quand celle-ci survient de façon tragique, les faucher, les arracher à ce monde, sans préavis aucun.

Je ne reviendrai pas sur ceux que j'ai cités plus avant, mais j'y ajouterais Nico du Velvet Underground.

À la Factory, l'héroïne consommée est le seul endroit, que je connais, où elle a aidé à composer des merveilles…

I'll be your mirror, reflect what you are in case you don't know…

Être abîmé et tourmenté par la vie, donne parfois un regain de force dans la chose à écrire.

Les mots se doivent d'être sans faille, afin de mettre en exergue l'émotion à traduire.

Combien d'écrivains souffrent de pathologies mentales ?

De Virginia Woolf à Antonin Artaud, en passant par Robert Walser ou Guillaume Dustan même. Christine Angot également que d'aucuns traitent de folle. Chez eux c'est bien la souffrance qui prend d'abord la plume, afin d'éviter la mièvrerie et aller au contraire droit au cœur du mal à évacuer avec force et parfois violence, colère ou rage.

La colère est un état nécessaire qui aide à surmonter nombre d'épreuves, mais hélas bien souvent ensuite on tombe.

J'ai connu cela à plusieurs reprises lors de grandes trahisons, de deuils ou de mensonges éhontés.

Dans *L'inceste*, pour moi le meilleur de ses livres, Christine Angot montre une frénésie qui la rend indestructible et de fait, elle a gagné sur l'inceste !

Aujourd'hui Camille Kouchner arrive toute fraîche 20 ans après et est convoitée alors que c'est Christine Angot qui a été la vraie lanceuse d'alerte, mais bien sûr pas dans les mêmes sphères sociales, et sans avoir encore un nom tel qu'aujourd'hui !

Pour autant je ne laisserai personne faire passer Camille devant Christine, chacun doit être à sa place et si la gloire et le cran, on les reconnaît à madame Kouchner, alors les dés sont pipés.

À cette époque, on se moquait beaucoup de ce qu'expliquait Christine Angot, pourtant elle ne disait rien d'autre que ce qui est aujourd'hui en pleine révision législative !

L'inégalité de voix me heurte vraiment comme toute autre injustice.

Les médias ont semble-t-il en l'espèce la mémoire courte, alors qu'ils ont pourtant quartier libre pour consulter les archives, mais là, à quoi bon ?

Il y a la fille d'un ministre et un journaliste en vue est visé.

Christine Angot à côté ne faisait pas le poids, même si je suis certain qu'entre *L'inceste* et *Une semaine de vacances*, ses deux livres axés sur ce sujet, elle est allée bien plus loin.

Le pénultième (trois ayant finalement été publiés) est presque un récit clinique de comment se passe l'inceste, presque illisible, tant on a envie de vomir, mais on préfère la parole de cette fille dont je n'ai rien à dire ne la connaissant pas, mais que d'aucuns connaissent pour être de bonne famille et qui n'est pourtant pas la victime directe, donc à mon sens, bien moins légitime à parler et pourtant, c'est elle la plus exposée.

Je trouve cela honteux !

Même dans un crime, le contexte social joue contre les plus petits.

Il y a vraiment de quoi être en rage là et non en colère !

Un rééquilibrage a eu lieu pour ma grande joie, lors de la parution de son livre *Le voyage dans l'Est*, en septembre, son troisième livre sur l'inceste, où elle a frôlé le prix Goncourt !

Justesse et justice sont trop exemptes de nos sociétés, je suis en guerre perpétuelle contre cela, que je ne peux supporter. C'est d'ailleurs devenu viscéral chez moi !

Ça se passe toujours à mes dépens car, seul, il m'est difficile de lutter contre un groupe bien soudé. Eux savent très bien s'entourer en revanche.

J'ai quand même gagné deux fois des procès, l'un afin de rétablir les ignominies à la suite d'une agression commise sur ma mère alors que j'avais 16 ans et la seconde contre une attaque homophobe crasse sur ma personne.

Cette société au bord de l'explosion engloutit les plus fragiles pour ne conserver qu'une élite, bien qu'il leur manquera alors un bouc émissaire, qu'ils devront trouver pour fonctionner, parmi les moins nantis de ladite élite !

C'est peut-être alors qu'une régulation naturelle viendra rétablir un ordre juste ?

Est-il raisonnable d'y croire ?

Les années à venir nous le diront, pour le moment nous sommes dans la phase que notre sibylle, Duras, avait résumée par les mots : « Que le monde aille à sa perte, c'est la seule politique. »

Cela reflète bien notre actualité, alors que cette parole elle l'avait adjointe à : « Tout détruire et tout reconstruire ».

Je crois qu'elle avait une fois encore été visionnaire malgré des bardées de moqueries des élites justement, dont elle se foutait éperdument, tant son savoir était ancré dans l'ordre antique des choses !

Les mois et les années suivants nous ont prouvé qu'elle savait.

Qu'elle seule disait juste contre tous !

C'est ça avoir du ressenti, de la clairvoyance.

Dommage qu'elle ne soit plus là pour voir en direct, qu'on l'applaudirait pour avoir eu tant de lucidité et de perspicacité !

Elle resterait sûrement stoïque, un sourire au coin des lèvres. Rien de plus je présume. Méprisante à souhait et comme de juste, au regard des quolibets endurés !

Je ne te quitte pas au nom de l'Esprit Saint venu sur toi.

J'aime quand nous correspondons, tu as souvent des phrases laconiques, mais quelques fois tu t'exprimes davantage et là c'est un bonheur.

La grâce, à ce moment, vient me dire la chance que j'ai de pouvoir communiquer avec toi !

Tu es véritablement un personnage à part avec un côté diablotin que j'adore.

Ce qui t'honore est que tu oses dire, t'exprimer, défendre avec fougue tes idées, tes icônes parfois décalés aux yeux des autres !

Tu es au-dessus.

Il doit faire si bon auprès de toi ?

J'aspire à la rencontre de juin afin de le savoir et de voir ton sourire qui te rend très différent d'après les photos et vidéos que j'ai pu voir.

D'humour tu n'en manques pas, mais hélas de tourments non plus…

Je connais les tourments aussi bien que toi alors c'est un point sur lequel il n'est pas besoin de s'attarder.

Pensons aux rires, au soleil de juin, le plus long de l'année !
Doux encore, eu égard au torride et brûlant soleil d'août qui brûle les peaux blanches.

Nous ne sommes pas de celles-ci.

Je ne connais pas tes origines, mais tu sembles, comme moi, plutôt Méditerranéen ?

Tu me dis que tu te rends là-bas pour une rencontre sur la résilience.

Je n'aime pas ce mot fourre-tout, alors j'ai hâte de lire ce que tu as pu écrire dessus dans Libération.

Je ne sais pas être résilient.

Les stigmates je les garde et je suis dans une phase où je les montre. J'ai besoin de leur visibilité.

Les rescapées de Birkenau ont-elles été résilientes ?

Je me demande ce qu'en aurait pensé Marceline Loridan-Ivens ?

Elle aurait pu dire merde à la résilience, comme j'ai envie de le dire à ceux qui me disent de lâcher prise.

Une amie, Pascale, me disait très justement à ce propos, mais si je lâche prise, je m'accroche à quoi ?
Où vais-je m'effondrer ?

Avoir une prise c'est encore être ancré, alors cette expression est mal choisie, mal appropriée !

A-t-il lâché prise le Christ ?

Ô sang et eau, tu es miséricordieux.

Tout ça pour moi sont de piètres mièvreries de psychologues à la mode.

La psychologie ne peut se permettre d'être à la mode, tout au contraire, je dirais qu'elle a vocation inverse !

Les gens adorent les expressions à la mode.

Je les déteste, les gens et leurs expressions qui les contentent.

Ils ne savent plus parler : « Y a pas photo », « C'est clair », « Je dis ça, je dis rien » ; *Agnus Dei Peccata Mundi !*

C'est impossible de subir cette mode pseudo-populaire, qui se croit en outre supérieure et intelligente grâce à ces formules toutes faites qui sont simplement insupportables, irritantes et stupides !

On a au minimum envie de reprendre la personne ou s'il y a répétition d'être violent, et de crier !

À cet instant je ne peux que reprendre une expression de Christine Angot : « Tous des veaux et je vous déteste », c'est dans *L'inceste*.

Mon médecin m'a demandé hier si j'écris. Je lui ai dit à quoi bon ? Je n'ai personne pour me lire.

Elle a trouvé ça dommage, elle avait lu un petit recueil que j'avais écrit après le décès de ma grand-mère.

Ce n'était pas une écriture thérapeutique comme on dit, ça non plus je n'y crois pas !

À ceux qui me rétorquent que ce n'est pas important d'être lu, que j'écris pour moi, je pense à la phrase de Duras : « S'il n'y a personne pour lire Hamlet, Hamlet n'existe pas », et bien là, c'est la même chose, même si je n'ai aucune prétention à être Shakespeare !

C'est la littérature française contemporaine qui me touche le plus ; je me sens plus proche d'Angot, Guibert ou Duras, même Dustan par exemple.

Ce que j'appelle « l'écriture du vrai ».

Il faut bien qu'il y ait quelque chose de mon siècle qui me plaise.

En réalité, il y a la littérature mais aussi les médicaments.

J'aime certains médicaments.

Leurs noms, leurs effets aussi, c'est vrai.

Certaines molécules ont des noms qui me laissent songeur et me font rêver au sens propre comme au sens figuré, zopiclone et zolpidem, mais aussi un qui n'existe plus nalgézic, séroplex, et autres codéine ou tetrazépan (supprimé également)…

Sans doute est-ce pour cela que je suis en admiration devant les pots d'apothicaire que je collectionne d'ailleurs…

À 15 ans je rêvais de devenir pharmacien mais mon rapport urticant aux mathématiques mettra vite fin à ce rêve.

Est-ce par cet échec de direction scolaire, que les médicaments me tiennent lieu de rampe de soutien, de filet, depuis que j'ai 18 ans ?

Je ne vous dirai pas tout ce que j'ai entendu à ce sujet ni tous les conseils, car chacun a le sien, meilleur que tous les autres à vous donner bien sûr et c'est insupportable !

Au point qu'on a envie d'avaler tout ce dont on vous parle pour ne plus rien entendre, être enfin dans la paix éternelle ; *Pax Aeterna.*

Il le comprend je suis certain, mon Christ d'encre et de papier.

L'encre rouge uniquement pour le sang, les stigmates et les plaies.

Les instituteurs qui corrigent en rouge et tachent les copies de leurs élèves de sang, c'est assez difficile à regarder.

Je ne sais pas s'ils se rendent compte de ce sang qu'ils laissent sur les copies de jeunes enfants.

C'est en somme assez amoral !

Si j'étais parent d'un enfant et qu'on lui rende une copie sous cette forme hématologique, j'irais hurler !

Le sang contaminé vous savez ?

Ce sont nous les gays, soi-disant les coupables, on ne pouvait donner le nôtre par prévention il y a encore peu de temps.

Tu parles, une belle hypocrisie, disons-le clairement par suspicion et de fait, par discrimination !

Alors ne tachez pas les cahiers des autres s'il vous plaît !

Soyez rigoureux vous aussi.

***

Il est des moments où la tristesse surgit en moi, sans autre raison qu'une image ou qu'un mot peut provoquer. Alors ça occupe tout mon être, tout mon espace, et chacune de mes cellules est triste, profondément.

C'est le cas ce soir, où je me sens très seul, incompris, handicapé par ma paresthésie dont tout le monde se moque.

J'adresse des textos ou des mails qui restent sans réponse.

Les gens n'ont plus le temps pour les plus fragiles, il faudrait les faire disparaître pour un monde plus beau, plus lisse, plus couverture de magazine…

Les amis c'est ainsi, la famille n'en parlons pas, dès lors que me reste-t-il ?

Les médicaments ? Une surdose ? Ou autre chose ? J'ai beau chercher je ne vois pas d'autre palliatif.

Je suis vraiment dans un état entre vivre et mourir mais pas d'amour, plus d'amour, ce mot d'ailleurs je ne l'ai que très peu connu.

Je ne sais pas réellement ce qu'il recouvre. La fascination oui, mais l'amour…

Je suis face à cette page pour écrire ça, mais quelle aberration, n'y a-t-il pas mieux à faire de son temps ?

Il faut vraiment être tombé très bas !

Les gens sont occupés, nous sommes confinés et avons de surcroît un couvre-feu, nous sommes donc sous une cloche irrespirable qui pour les plus seuls rend la vie intenable, même si l'on aime la solitude ! Pourtant les gens n'ont pas le temps et restent injoignables !

Il attend quoi le Président, des suicides en son nom depuis un an, ou il va nous parler de résilience ce à quoi je lui répondrai merde ainsi qu'au premier qui s'approchera de moi avec ce sujet calamiteux et fourre-tout à la mode !

Ce soir je n'en peux plus, je n'arrive pas trouver le sommeil même en triplant la dose de zolpidem et je me moque des conséquences, avec ça du lexomil et de la codéine et bien non je reste éveillé à contempler mon malheur, mon abandon du père, puis les maladresses de ma mère…

À les entendre, ils ont été parfaits, ils ne sont responsables de rien, surtout mon père, qui se veut le meilleur partout alors qu'il n'est qu'un concentré de d'égoïsme pour rester poli.

Lui ne se remet pas en question un instant, même s'il m'a manipulé pour raccrocher mon frère, lequel refuse de le voir depuis plus longtemps et avec plus de véhémence que moi !

Quant à ma mère, elle préfère se tenir mutique, c'est sa nouvelle technique, encore plus brutale que les précédentes !

Ça me permet d'avancer ainsi…

Je ne saurais ô combien les remercier eux et mon travail où j'ai vraiment été malmené psychologiquement, privé de réagir et laissé là dans le caniveau sans réparation.

Ils m'ont sévèrement abîmé, jusqu'au handicap mental !

Mais non, je délire sans doute, tout vient de moi qui suis fragile…

Oh sang et eau, tu es venu racheter leurs péchés.

Pourtant à quoi bon puisque le coupable est désigné, comme ce fut le cas pour toi.

J'attends donc que l'on me crucifie moi aussi, il ne manque que ça.

L'injustice sera alors parfaite.

Quoi qu'il en soit j'ai le choix grâce à eux entre le suicide ou la crucifixion !

C'est un bel avenir qui se dessine pour moi, non ?
Malgré cela, personne n'est là de façon tangible.

C'est normal, il est connu qu'on abandonne, qu'on cache les malades psychiques dont on a honte !
Là, pas besoin, nous sommes confinés.

Ce qui est étonnant et consternant, c'est l'enchaînement des personnes qui vous lâchent, quand ça ne va pas.

À croire qu'elles se donnent le mot.

D'ailleurs c'est ça je pense elles se le donnent. J'entends : « Tu sais il ne va pas bien il délire, attends qu'il se remette pour aller le voir… »

Et pendant ce temps on crève, la douleur gangrène tout et l'on souffre un martyre que je leur souhaite de connaître en retour, pour qu'ils aient une prise de conscience.

Il n'y a que comme ça qu'ils pourront comprendre la dose de souffrance qu'ils m'ont infligée, je parle de moi mais j'en connais d'autres que l'on a torturé de la même façon ou pire encore, de vrais rescapés des camps de la négation de soi et qu'on fait hospitaliser de force à tout va pour se faciliter la vie, et le pire ce sont les médecins qui marchent dans la combine familiale !

C'est peut-être pour cela que je sais que certains auteurs de ces actes lisent des histoires de la Seconde Guerre mondiale.

Comparativement ça les rassure, ça leur donne bonne conscience, à côté de cela, ce qu'ils font n'est rien.

Ça me fait simplement vomir, ça ne me rassure pas, je me dis au contraire que rien n'a changé depuis le nazisme.

Je sais, vous direz que j'exagère et bien dites-le si vous le pensez, mais la torture mentale ça existe et quand elle est exercée depuis l'enfance, il en demeure de nombreuses séquelles.

Aujourd'hui je suis comme paralysé. J'en ai eu plein le dos, puis ça m'a coupé les jambes.

Elles sont fondées ces expressions et disent bien et simplement où est le problème que tout le monde feint d'ignorer.

Je ne peux compter que sur mon médecin.

Parfois, j'en viens à avoir envie de couper tout, téléphone, mail, Facebook, ne plus exister virtuellement, ce qui est ma principale façon d'être aujourd'hui.

Je me dis c'est dommage, tu as Samir qui est gentil et attentif même s'il vit à des centaines de kilomètres et puis Najib que je vois tous les 2 ans, mais qui est aussi vrai que bon.

Dans ma vie je n'ai plus de sûr et présent que Michèle et Aziz !

Mais est-ce suffisant alors que ceux qui sont à portée de main et que j'ai souvent aidés me laissent croupir comme un bagnard dans mon monde morbide.

Expliquez-moi, comment voulez-vous qu'il soit, sinon morbide et colérique ?

Finalement peut-être que si, je serai obligé de te quitter, et même prématurément si ici tout devient trop difficile, mais toi tu me comprendras et je ne pense pas que je serai un manque important…

Une absence furtive, tout au plus à mon sens, alors que je m'accroche à toi.

Ce n'est pas un journal ça, ce n'est rien, sinon des phrases qui ont besoin d'être dites pour que l'on comprenne le mécanisme qu'autrui a eu sur moi, et les dégâts causés.

Vous voyez je dis causés sur moi, je m'accuse presque à force de ritournelles où les autres n'y sont pour rien, afin de continuer leurs petites vies tranquilles avec leurs amants, leurs maîtresses, et tout leur joli petit monde de riches où je n'ai rien à faire, où je n'ai pas ma place !

Ne croyez pas que cela soit aussi simple que sur le papier, non, il y a beaucoup de douleur, de contusions et de torsions en tous genres, sans doute voilà pourquoi j'ai du mal à marcher ?

Une chose est certaine, la douleur arrive et lorsqu'elle est là, elle s'étend et gagne plus de terrain chaque jour.

Alors suicide ou crucifixion ?

Il faut être fort, il faut assumer son choix, si on peut parler de choix à ce niveau-là de conscience.

On voit bien une chose en tous cas, ce n'est pas eux qui montent sur la croix pour recevoir la couronne d'épines et la flagellation !

La flagellation je viens de la connaître une fois encore, une fois de trop avec lui.

J'ai tenté de l'appeler et il m'a raccroché au nez.

C'est fou quand on est tellement complice, qu'un appel dévaste tout.

Tout ça par cet acte suivi d'un ton inapproprié que je ne me serais jamais permis envers lui.

C'est la seconde fois.

La fois de trop, je savais au fond de moi que nous étions incompatibles.

Des indices m'avaient alerté, lorsque je prends de ses nouvelles par exemple, lui n'a pas la courtoisie d'en faire autant !

Pourtant pour une personne si cultivée, qui écrit si bien et qui connaît tant de beau monde…

On pourrait s'attendre à plus de savoir-vivre, je ne parle pas d'empathie, c'est tout autre chose !

C'est lourd de se sentir sans cesse malmené par cette vie.

Je suis hyper sensible certes, mais j'ai du respect pour les gens que j'aime et du savoir-vivre.

En plus de deux mois, je ne l'ai eu qu'une seule fois au téléphone.

Mes deux autres tentatives se sont soldées par un raccrochage.

Le premier, je veux bien, mais là, alors que nous parlions sur Messenger, s'il était à table en compagnie d'une amie, comme il le dit, mon appel n'était pas plus déplacé que le fait d'être devant son écran, à l'égard de la personne avec qui il se trouvait.

Je veux bien accepter des leçons de politesse mais quand elles sont fondées !

Admirer quelqu'un à ce point met de la poudre aux yeux.

On refuse de voir ce qui est négatif mais là ce ton que j'ai entendu sur un post vocal m'a été insupportable !

Je l'ai ressenti comme une agression profonde, alors que je fais tout ce que je peux pour lui être agréable du fait de cette admiration.

Il est maniaco-dépressif m'a-t-il dit, une psychose, moi je suis névrosé, alors dans la balance son mal est plus profond, plus complexe, ancré avant même la naissance.

Ça vient peut-être aussi de là le déséquilibre ?

Pour autant je n'ai pas à supporter ce genre de débordement.

Quand je me suis bloqué le dos avec cette paresthésie, il venait de me bloquer sur son téléphone, je somatise tout, tant ma tête est pleine et déborde depuis le décès de ma grand-mère. Et bien là, cette fois-ci, c'est moi qui l'ai bloqué !

C'est comme des enfants dans la cour d'école, je te bloque, tu me bloques, je ne te parle plus…

Non, je ne peux endurer ça.

Je suis épuisé par la vie, par ce que Pavese nomme *Le métier de vivre* et lui, après m'avoir hissé au plus haut par le biais de son livre, me descend en flèche sans l'ombre d'un remords.

Sans compassion aucune.

Je vous l'ai dit, jamais il ne m'a demandé de mes nouvelles, ce qui m'avait un peu surpris.

Pas une fois il ne m'a demandé comment je vais en trois mois !

Tout semble autocentré sur sa personne si intéressante, mais là à l'excès.

Alors tant pis, je resterai dans ma grande solitude.

Je m'y engouffrerai peut-être, j'y crèverai, mais j'en ai assez qu'on me rackette de mes bons sentiments.

Tout est toujours à sens unique, je ne reçois les fruits de rien, sinon des deux ou trois personnes que j'ai citées.

C'est à eux que je dois rendre grâce en fait et à personne d'autre !

Eux, les seuls qui sont là quand j'ai besoin de crier à l'aide.

Philippe Jaccottet qu'il aime beaucoup et qui nous a quittés depuis peu disait que : « Nous pouvons porter peu de choses, à peine une couronne de papier doré. À la moindre épine nous crions à l'aide et nous tremblons. »

Je suis de ceux-là, de ceux qui ne tiennent plus debout au sens propre (puisque j'ai le plus grand mal à me déplacer), comme au sens figuré.

Ce n'est pas tant le contenu de ce message vocal qui m'a blessé, que le ton péremptoire et hautain sans doute pour épater la personne en face de lui ?

J'ai horreur de ces démonstrations.

En fait nous allons nous quitter, parce qu'il ne pense qu'à lui, ses problèmes et ses lubies et que son ton, pour me parler, n'est à mon sens pas adapté !

Je ne prétends pas avoir raison, je ne prétends à rien d'ailleurs, sinon à avoir le droit de ne pas souffrir sans arrêt du fait des autres et de leur manque de discernement et de compréhension.

Je suis fragile et alors ?

Il l'est aussi pour avoir fait deux séjours en un an, en hôpital psychiatrique, mais au lieu de le blesser en lui en parlant, j'ai toujours cherché à le valoriser à la juste hauteur où je le reconnais, et qui est intacte en tant qu'écrivain bien que j'aurais du mal à le lire maintenant, mais venant de lui, on dirait que je suis l'occasion de prendre sa revanche sur ses maux.

C'est facile avec quelqu'un qui vous voue presque un culte.

Quand la coupe déborde, c'est souvent trop tard pour revenir en arrière.
Les choses et les sentiments ont changé et sont parfois irréversibles.

Là c'est la seconde fois, y aura-t-il une troisième, s'il revient j'ai la faiblesse de croire que oui, parce que malgré tout il a su prendre une place immense dans mon très petit univers.

Mais pourquoi, finalement ?

Quand ça commence comme ça c'est souvent foutu, les relations sont biaisées et rien ne peut revenir comme avant, surtout que nous n'avons partagé en somme mis à part le livre, que du virtuel.

Je conserve pour l'écrivain une grande admiration, mais un blocage va forcément s'opérer même sur ses écrits.

Quand on a aimé et que l'on est refoulé on ne voit plus les choses sous le même angle.

Les éléments les moins beaux sont mis d'emblée en exergue et je sens que cela va se passer ainsi, alors autant stopper la mascarade avant qu'elle ne me mette plus à vif encore !

Je ne te quitterai pas ?

Je l'ai cru, je l'ai voulu mais toi tu m'as éclaboussé de ton sang sans miséricorde, sans compassion aucune !

Dès lors je me pose nombre de questions quant à toi.

Il faudrait presque un mode d'emploi pour arriver à continuer à te parler, non à correspondre, puisque la brouille vient d'une tentative de te joindre sur ton téléphone à force d'une lassitude de Messenger…

Le ton employé n'était pas celui du Christ qui est en colère contre la plèbe, loin de là !

Tu viens par cet acte, à mes yeux de descendre seul de ta croix et de nettoyer le maquillage qui te tient lieu de stigmates.

Je viens de démasquer l'imposteur qui un temps j'ai cru serait le sauveur. Le mien.

C'est fini, c'est fini la comédie ! Vous savez, elle le chante Dalida et il a écrit que l'on peut mourir en l'écoutant !

Je ne me souviens pas de la formule précise que j'avais évidemment aimée, puisque, lui, je l'aimais.

Combien de choses est-on apte à trouver belles par amour ?

Je ne vois que les traces d'une illusion, la queue d'une comète, mais je ne suis plus ébloui.

Non la lumière ne sortira pas de tes stigmates, elles sont fausses !

Rien n'est éblouissant que la couche de vernis qu'il faut mettre et remettre, comme Marilyn quand elle se teint et tu fais pareil, lorsque j'y pense mais que c'est ridicule !

Pourquoi ne pas te mettre un tuyau dans la gorge en guise de trachéotomie puisque tu aimes Duras ?

L'aurais-tu ce courage-là ?

Tu sais crier quand c'est facile, après quelqu'un qui tient à toi.

Ma peine aujourd'hui est de réaliser que je ne saurai jamais s'il fait bon à tes côtés et que je ne visiterai pas Combray mais surtout que je ne pourrai plus te lire.

Ton écriture est morte avec toi, quand tu as repris vie, en descendant face à moi de la croix.

***

De Pâques à Noël il ne s'est rien passé de merveilleux pour moi, je suis plutôt allé d'errance en souffrances.

J'ai dû arrêter de travailler pour raisons de santé et j'ai découvert la parution de ton livre sur ton idole platine, tant adulée, dès la rentrée de janvier.

Je l'ai acheté bien sûr, mais je ne l'ai pas ouvert. Impossible de revenir sur les pages et l'Écriture sainte, que je reconnaîtrais dès la première ligne !

Pourtant il fallait que je le possède, c'est un morceau de ce Christ ressuscité que tu incarnes, que je conserve dès lors telle une relique.

J'étais content pour toi, même si nous ne nous parlons plus depuis que je t'ai démasqué.

Nous ne nous parlons plus, mais tu continues pourtant de vivre dans une partie de mon cœur.

Ton nom est comme une prière douce, lorsque je l'entends…

Je vais peu m'enquérir de ce que tu fais afin de connaître ton actualité, pour me préserver.

Je reste en effet fragile à ton endroit.

J'ai eu beau être mis avec tristesse, devant le fait accompli de la découverte de ton jeu corrompu, je n'en demeure pas moins aimant, envers celui qui m'a fait frissonner et je continuerai sans difficulté, par la simple lecture de ta syntaxe si particulière et de quelques mots que tu es le seul à employer, à observer cette posture.

J'aime tes outrances qui me rappellent ta personnalité singulière.

Tu aurais pu dire : « Je suis le dernier qui parle comme ça ! ».

Ça fait partie de ce qui m'a séduit les premiers temps… Et c'est un état qui est demeuré jusqu'alors !

Rien n'a réussi à l'entacher… Rien n'y parviendra.

Tu es de ces personnages qui accrochent le cœur de tes lecteurs, à tel point, je suppose, que dans une vie, on en rencontre peu.

Il émane de toi « ce » quelque chose de si particulier que j'ai déjà évoqué, qui m'a harponné d'emblée.

La chance que se renouvelle ce type de lien, qui est intervenu telle une vrille opérant dans mon cœur un forage, afin d'y creuser une place et s'incruster en son sein pour y rester, accompagné des nombreuses réminiscences qui sont venues et qui se présentent parfois encore, que j'ai évoquées, me laissent en sursis !

Ces réminiscences sont d'ailleurs ingérables, elles surgissent toujours alors que je ne m'y attends pas.

J'entends par là qu'elles apparaissent de façon très simple, sans que je le suppose ou l'anticipe, par une simple phrase, un mot qui lors du fait de nos conversations a pris une puissance qui le rend différent aujourd'hui encore, de son sens commun. Il reste frappé du sceau de ton langage.

Ces mots contiennent la force du souvenir, ils sont prégnants et enracinés dans le son qu'il produit lorsqu'ils sont prononcés, et c'est là qu'ils atteignent cette place, celle que la mèche en plein cœur a laissé filtrer par une brèche dans le sang.

Bien sûr le cœur réagit alors immédiatement pour venir nouer le corps, de l'estomac à la gorge !

Heureusement, avec le temps et la découverte de la vérité, ça ne perdure pas éternellement, mais cela demeure une zone fragile et là en revanche pour longtemps je présume.

Une faiblesse qu'il faut sans cesse contrôler en cas de chuintement d'une de ces paroles rendues plus fortes par son histoire, celle que tu lui as donnée.

Il n'y a pas de dictionnaire de ces mots-là. Pourtant ils existent, mais ils sont propres en l'occurrence, seulement à deux personnes !

Elles seules seraient à même de l'écrire ce dictionnaire, dans un état d'hébétude et de naïveté frôlant tout de même une forme d'angélisme.

Ce sont des mots ailés, appartenant au mystérieux monde des anges, qui viennent pénétrer mes oreilles et se frayer le chemin vers mon cœur, afin d'actionner la magie qu'ils opèrent en lui secrètement !

Ces mots, qui comme le dit Christian Bobin de la vie : « Vous arrachent le cœur, sinon ce n'est pas la vie » qu'ils traversent.

Voilà sans doute pourquoi j'ai très peur de l'annonce de la sortie de l'autre livre écrit en parallèle, et d'en entendre parler à la radio, celui qui comme l'ouvrage de la rencontre m'a bouleversé dans les mêmes circonstances, avec ici en postulat supplémentaire, le fait que j'en ai été le dépositaire unique, le temps de l'avancement de son écriture.

C'est quelque chose qui me fait trembler et vaciller lorsque j'y pense, mais je ne sais expliquer pourquoi ?

Sinon de redire que sans doute j'envie un mort et que je me suis superposé à ce personnage ?

Un cadavre qui aujourd'hui repose au fond de sa fosse et qui continue d'agir malgré lui, sur toi !

Peut-être que ce défunt connaîtra par le mystère des lois ontologiques, une incarnation ou un moyen par lequel il se manifestera en toi, mon écrivain de sang et d'eau ?

Je ne le saurai pas !

Je ne saurai plus rien !

C'est si cruel les séparations ; quelle que soit la nature ou l'objet qui en est à l'origine…

Pourtant, à bien y réfléchir, la vie est une vaste enfilade de séparations, donc de cruautés !

Oui, je trouve en effet que la vie est cruelle et qu'elle l'est particulièrement avec certains qui ont une sensibilité à leur environnement, aux mots et à la beauté (que j'appellerais plutôt volontiers le beau), c'est inséparable.

Il me paraît indéniable en effet que tout tourne autour de la beauté, de la beauté que perçoit son cœur, le vôtre ou le mien !

Je suis d'accord avec René Char qui a dit : « Toute la place est pour la beauté », sinon alors, sans elle, comment occuper l'espace ?

Je m'interroge donc, est-ce moi qui ne te quitte pas ? Ou bien est-ce ta présence qui m'a envahi jusque dans mes méandres, à l'étourdissement, quand tes paroles ou ton nom arrivent à la surface de mon être, dont tu as pris possession ?

Tu as réussi à asservir la forteresse de mon esprit.

Avec ta fausse robe de bure tu y es entré et depuis tu rôdes en moi, tel un fantôme qui me hante et qui ne me quitte décidément pas !

Depuis que j'écris ces lignes, j'écoute *Silence* de Beethoven, et la vidéo de support qui l'accompagne est faite de portraits de jeunes filles et d'enfants du dix-neuvième siècle.

Évidemment tous sont aujourd'hui disparus et c'est poignant de voir ces visages si pâles, en noir et blanc, sur cette musique.

Je suis comme enivré par la douceur de ces visages d'anges, qu'on imagine avoir quitté les leurs depuis si longtemps…

Leurs frêles silhouettes sont un rappel constant de la fragilité de l'existence et les notes de Beethoven, lorsqu'il appuyait sur les touches d'ivoire du clavier de son piano, les a propulsées vers un ciel où, figées dans leur beauté, elles demeurent à jamais.

Cela fait écho à ton mort, qui semblait très beau également dans le récit que tu m'avais offert de lire, presque encore juvénile et surtout très vite omniprésent par le seul fait de ne plus être !

Écrire cela me plonge dans une tristesse insondable, et une joie paradoxale de me sentir dans cet état.

Je ne veux pas plagier Victor Hugo, mais c'est bien de la mélancolie que je pense ressentir à ce moment-là, en faisant ce parallèle.

La mélancolie au sens pathologique est un vrai handicap et « le beau » qui n'est plus, que l'on ne retrouvera pas, est l'un des symptômes que je connais le mieux de cette maladie liée à un temps à jamais perdu.

Toi aussi tu connais bien cet état et tu vas même plus loin dans tes réactions à sa manifestation !

Il t'arrive de le détruire « ce beau », pour retrouver un état de bonheur dans la douleur !

C'est à ce moment, lors de l'un de ces instants, que tu as créé sur ton corps des stigmates, en douceur, lentement, pour profiter et faire durer ce temps de douleur heureuse.

C'est aussi là que tu as tatoué tes larmes de sang ? Non ?

Tu es construit sur un modèle pathologique de mélancolie destructrice, où la beauté défunte est la muse de ton royaume.

Ton dernier livre l'illustre avec cette icône du cinéma morte au summum de sa gloire et de sa beauté à peine flétrie, qui a pour effet de rajouter du charme à son état de grâce et surtout la rend présente et intemporelle.

« Le temps est un joueur avide qui gagne à chaque coup c'est la loi », disait Baudelaire, mais elle a réussi à détourner cette loi, par la surprise de sa mort.

Elle triomphe toujours près de soixante ans plus tard !

Je suppose qu'il en est de même de cet amant qui est là, en toi, depuis plus de vingt-cinq ans…

Celui-là même que tu pleures encore avec ton sang !

C'est peut-être cela que Marguerite Duras nomme *La maladie de la mort*, titre de l'un de ses livres où elle aborde l'homosexualité.

Le rapport à la mort, elle s'en est nourri Duras…

Je repense à celle de la mouche qu'elle décrit d'une façon surprenante en 1994, dans son livre *Écrire*, puis dans *La mort du jeune aviateur anglais*, dont elle est la thématique même du récit.

La mort est contemporaine de Duras qui la frôle à cause de l'alcool, qui finit par la plonger dans un coma dans lequel elle est demeurée un temps infini.

Toi, mon écrivain, tu es pareil, comme Duras tu vis avec la mort au-dessus de ta tête, comme un couperet prêt à tomber, à la différence que tu t'en moques.

Tu sembles ne pas vraiment être attaché à la vie. C'est normal je crois quand on a Dieu comme filiation.

Son parcours est christique, je vous l'ai dit et il se tient le dos accolé à la croix.

La croix qui est la rencontre de l'horizontalité avec la verticalité, laquelle vient élever l'être, pour ceux qui arrivent à suivre ce mouvement. Cet envol.

Il a tellement joué ce rôle qu'il en conserve des réflexes et un mimétisme très puissant et confondant !

Blanchot, lui, pose le postulat inverse : « Vous voulez vous séparer de moi ? Mais comment vous y prendrez-vous ? où irez-vous ?

Quel est le lieu où vous n'êtes pas séparé de moi ? »

Cette phrase je la vis, a contrario.

Je trouve qu'elle prend ainsi sa puissance et sa justesse !

On ne peut quitter quelqu'un à qui l'invisible nous relie, car nous ressentons, nous pensons, nous éprouvons ; même la mort n'est pas capable d'un tel sortilège.

Preuve en sont les synchronicités dont parle si bien Marie de Hennezel dans son livre *Vivre avec l'invisible*.

On peut s'éloigner, ne pas se voir, ne pas se parler, mais pour autant ne pas se quitter !

Pourtant ton plaisir est dans cet arrachement, celui qui est irrémédiable, et qui torture tant ceux qui restent.

Souvenons-nous que le Diable se cache toujours dans l'irrémédiable !

Là repose l'une de tes ambiguïtés que je ne pourrai pas comprendre, du fait de la rupture de contact qui s'est installée maintenant entre nous.

Je crois que tu sais pardonner car j'ai lu le papier que tu as écrit dans la presse à propos de Christine Angot au moment où on lui a rendu sa place et qu'elle était en lice pour le Goncourt avec la sortie de son livre *Le voyage dans l'Est*.

Tu m'avais expliqué votre rencontre et votre rupture amicale tranchante.

Dans le papier il y avait comme une forme de *mea culpa* dans les premiers mots en disant ouvertement te poser la question de savoir si elle apprécierait ton article dans le contexte de votre relation.

Qui sait, un jour peut-être, l'un de nous fera le pas et nous reprendrons contact ?

Je pourrais de nouveau alors me shooter de ton lyrisme qui me manque et auquel je n'ai pas encore trouvé de palliatif !

J'ai vraiment espéré un signe lors de ton passage à Toulouse pour mon anniversaire mais ton orgueil était sans doute encore à vif !

C'est difficile de savoir et donc de comprendre.

Six mois de silence ont recouvert d'une épaisse couverture nos échanges et je reprends ce texte sans savoir pourquoi ?

Une part de mystère qui me fascinait s'est effondrée, pourtant je n'oublie rien des arbres noirs.

Ceux qui seront bientôt à la portée des yeux de tous, dans ce livre bouleversant, qui je ne sais pourquoi non plus, me laisse le sentiment de me concerner également, sans doute du fait d'en avoir été le lecteur premier et d'avoir échangé avec toi, jusqu'au choix de son titre…

Je me suis inconsciemment investi dans ton écriture, en voulant prendre la place du cadavre adoré, j'ose encore l'avouer…

C'est ici un signe pathologique sérieux quant à moi !

Je comprends que cette identification à lui est morbide et corrosive, pourtant je n'ai su faire autrement quand j'ai découvert son existence dans la mort.

Je crois comprendre en fait que si je ne te quitte pas, pas un instant lui non plus ne t'aura quitté.

La seule différence est dans le fait que, contrairement à moi, il ne t'aura laissé bien malgré lui, aucun répit depuis son dernier instant de vie.

C'est peut-être pourquoi tu n'as pu trouver de la place pour que l'on apprenne à se connaître et à se rencontrer.

J'ai le sentiment que cela ne t'était pas possible et que tu as trouvé ce prétexte pour t'éloigner ou m'éloigner de toi…

C'est bien à la maladie de la mort que je suis confronté avec toi !

Je la cite encore et encore, Duras, ton modèle absolu d'écriture : « Vous n'aimez rien, personne, même cette différence que vous croyez vivre, vous ne l'aimez pas. Vous ne connaissez que la grâce du corps des morts. »

Je vois comme une projection de ta vie à travers ces deux phrases.

Deux petites phrases afin de résumer cet amour du mort, de ce pendu !

La malédiction est tombée, elle a foudroyé en un éclair tes arbres noirs et le feu a tout anéanti.

Il semble qu'avec lui le désir d'aimer est mort.

Les peaux ne s'effleureront pas ! C'est impossible, le désir même d'une rencontre étant absent.

Nous n'aurons pas réussi à traverser cette mer de sang, peut-être contaminé qui plus est !

C'est probablement plus prudent en fait de n'avoir voulu franchir ce pas et d'être resté à la phase épistolaire, plutôt que de s'enfoncer dans cette plaie que peut être un amour, dont on ne sait s'il nous tire vers le désir de vivre, ou celui de mourir.

C'est beau pourtant d'imaginer cet amour à mort, mais toi tu l'as connu, tu l'as vécu, tu l'as enduré, il est vivant en toi et d'ailleurs c'est la seule chose qui demeure vivante, mis à part l'écriture.

Le reste est mort.

Je suis certain que tes œillets, la fleur des morts, ont fané eux aussi et qu'aujourd'hui ce n'est plus qu'un brin d'herbe moisie qui te fait écran sur cette si belle photo. Celle du temps où tu étais celui sur qui la colombe de l'Esprit Saint était descendue, afin que je te distingue de tes semblables, toi l'élu, « le ténébreux, le veuf, l'inconsolé, le prince d'Aquitaine à la tour abolie, dont la seule étoile est morte et dont le luth constellé porte le soleil noir de la mélancolie »…

Tu les connais ces mots de Nerval qui te cousent à même la peau un vêtement, comme la robe de Norma Jane, ajustée sur elle, afin d'être au plus près de son corps et ne faire qu'un avec son personnage, quand elle a chanté pour Kennedy ; mais pour cette fois te grimer en un poète, un Gérard de Nerval au bord de la folie, du désespoir et de la mort.

Au lieu de traverser un fleuve de sang pour me rejoindre, c'est l'Achéron, le fleuve des morts, sur lequel tu as préféré rester…

Il n'y a rien de nouveau dans ce monde, nous répétons avec d'autres moyens seulement, ce que ceux qui nous ont précédés ont fait.

Toi c'est Nerval que tu sembles suivre.

Ma question aujourd'hui est de savoir si tu iras au bout de ton désespoir comme lui, ou si tu parviendras à te sauver ?

Je ne peux que présumer qu'un jour si tu tombes sur ce manuscrit, ou que je te l'adresse, tu comprendras là où va mon espoir.

Là où va mon cœur et quelle est la direction de mes sentiments.

Ce dont tu peux être certain est que d'un côté comme de l'autre de la paroi invisible qui sépare vivants et défunts, quelqu'un t'attend patiemment…

J'espère que tu sauras choisir la direction raisonnable, puisque tu as tout le temps de découvrir le monde de l'invisible.

Chez les vivants, sache que ton écriture est encore attendue, j'en suis certain et nul ne sait si dans un mois, dans un an, nous ne serons finalement pas deux à t'attendre avec bienveillance, dans ce pays que jusqu'alors, comme moi, tu ne connais qu'en songes.

Remerciements

Je remercie Pascale Buchholtz, Françoise Ducasse, Catherine Le Mée & Samir Bouchetibat.

Imprimé en Allemagne
Achevé d'imprimer en mai 2022
Dépôt légal : mai 2022

Pour

Le Lys Bleu Éditions
40, rue du Louvre
75001 Paris

www.ingramcontent.com/pod-product-compliance
Lightning Source LLC
LaVergne TN
LVHW050330160826
845677LV00014B/3580

* 9 7 9 1 0 3 7 7 5 9 9 3 1 *